KB051830

치,

해

도서관 소장

어피치,
마음에도 엉덩이가 필요해

서귤 지음

arte

APEACH 어피치

신비의 시크릿 포레스트의 복숭아 농장에서 태어난 어피치. 시크릿 포레스트의 신비롭고 따뜻한 햇빛을 머금어 유독 돋보이는 분홍색을 띤다. 유전자 변이로 자웅동주가 된 사실을 알고 복숭아 나무에서 탈출한 악동 복숭아! 애교 넘치는 표정과 행동으로 카카오프렌즈에서 귀요미를 담당하고 있다.

섹시한 뒤태와 아름다운 분홍빛을 무기로 사람들을 매혹시키지만 넘치는 장난기와 급하고 과격한 성격 탓에 친구들의 경계 대상이기도 하다. 그러거나 말거나 어피치는 오늘도 넘치는 흥과 핑크핑크 에너지를 뿜어낸다.

내가 너의 엉덩이가 되어줘도 되겠니? ──

길바닥에 미끄러져 엉덩방아를 찧으면서 문득 마음에도
엉덩이가 필요하다는 생각을 했어. 토실토실 말랑말랑,
그 어떤 거친 바닥에서도 뼈와 장기를 폭신폭신하게
받쳐주는 엉덩이. 심한 말, 못된 말, 독한 말을 들은 하루
몽실몽실 내 마음을 감싸, 그 어떤 명사와 동사도
경동맥을 찌르지 못하게 지켜주는 그런 마음의
엉덩이가 우리에게 필요하다고.

그러니까 너에게 건네는 내 미래의 프러포즈는 이렇게
시작하기로 하자.

내가 너의 엉덩이가 되어줘도 되겠니?

차
례

part 2	너무 많이 사랑하는 습관

part 3	치킨코인 발명가 혹은 다이어터

part 6	터키식 아이스크림 같은 인생

내일은
더 대충 살자

1

호그와트
예비 번호 받을 사람들

A는 과일을 깎기 전에 칼로 표면을 탁! 때리는데 죽이기 전에 미리 기절시키는 것이라고 한다. B는 벽지의 곰팡이에게 이왕 자랄 거 예쁜 모양으로 크라며 사랑해, 고마워 따위의 말을 들려준다. C는 모시고 사는 고양이가 뚱뚱하다고 얘기하면서 고양이의 귀를 가린다. D는 방 안에 붙여놓은 아이돌 포스터 앞에서는 옷을 갈아입지 않는다. E는 푹 빠진 드라마가 생기면 마지막 회를 보지 않는데 그러면 이야기가 끝나지 않고 등장인물이 계속 살아 숨쉴 거라는 이유에서다.

상처에 대한 한 가지 상상

　　원자번호 2번인 헬륨은 공기보다 가벼우면서 수소보다 안전해서 물체를 띄우는 데 사용된다. 1회용 헬륨 가스는 인터넷에서 쉽게 구입할 수 있다. 택배를 받아보면 투박한 가스통이 들어 있을 것이다. 우선 토출구에 풍선을 끼고 벨브를 열어 적당히 부풀 때까지 기다린 후 꽁다리를 묶는다. 그리곤 둥둥 떠오르는 풍선에 줄을 감아 당신의 오랜 상처를 매단다. 원자번호 2번인 헬륨은 공기보다 가벼우면서 수소보다 안전해서 그것을 저 멀리, 당신의 마음이 닿지 않는 외딴 곳으로 날려줄 것이다.

롤모델은 판다

잠들기 전에 동물원 사이트에 들어가 라이브 캠으로 판다를 보곤 한다. 화면 속 판다는 자거나 졸거나 멍때리거나 가끔 대나무 잎을 먹고 있다. 그 통통한 삼각김밥 모양의 뒤태를 보며 하루를 반성한다. 너무 부지런히 살았던 건 아닌지. 돈벌이에 눈이 멀어 나의 귀여움을 뽐내는 걸 소홀히 했던 건 아닌지. 내일은 더 대충 살자. 다리가 짧아 엉덩이 대신 허리로 앉는 판다처럼.

너무 귀여운 탓

　　너무 귀엽거나 사랑스러운 걸 보면 왜 아파트나 지구를 부수고 싶어질까? 그건 귀여운 공격성이라고 불리는 심리 때문인데 이걸 증명하는 실험도 있어. 사람들 손에 뽁뽁이를 쥐여주고 귀여운 동물 사진과 귀엽지 않은 동물 사진을 보여줬더니 귀여울 때 뽁뽁이를 더 많이 터트렸다는 거야. 너무 행복하면 뇌가 균형을 맞추려고 반대 감정을 만들기 때문이라네? 그러니까 누가 나에게 쓸데없이 공격적이거나 삐딱하게 굴면 내가 너무 귀여워서 그렇다고 생각하자. 귀여운 것도 참 피곤행. 똑땅해.

초능력

넌 초능력자 같은 건 어디에도 없다고 말했지만 사실 아니야. 바로 나야. 초능력자. 고무줄을 순간 이동 시키지. 때론 호주머니에 때론 가방에 때론 방바닥에 때론 세탁기에. 방금도 편의점에서 산 핑크색 고무 머리끈을 내 코트 호주머니에서 어딘가로 보내버렸지 뭐야. 그러니까 네 손목에 걸린 머리끈 좀 빌려줄래? 안 그러면 네 팬티 고무줄을 순간 이동 시켜버릴 거야.

나라는 지루함을
잊는 마법

　엄마. 나는 아직도 의아해. 어릴 때 나는 왜 그렇
게 다른 존재가 되고 싶었을까. 다른 얼굴이 되고 싶어서
엄마의 색조 화장품을 훔쳐 바르고, 다른 이름을 얻고 싶
어서 세례명을 받으러 성당에 갔잖아. 그리고 다른 목소
리를 내고 싶을 때엔 선풍기 앞에 앉았고. '아아아아아아
안녀어어어어어엉하세에에에에에요오오오오오' 같은
덜덜거리는 소리를 내며 더운 오후를 보냈어. 내가 나라
는 지루함을 잊게 해줬던 마법. 찐득거리는 땀과 권태를
한꺼번에 날려주었던 운동에너지. 선풍기 날개.
생각해보면 퍽 상냥하기도 하지. 저 딱딱한 플라스틱에
처음 날개라는 이름을 붙인 사람은.

엄마, 그러니까 날개 없는 선풍기는 사지 말자. 아무리 내가 고장 난 선풍기 대신 새 걸 사주려고 엄마를 끌고 나왔지만 저 제품은 좀 아닌 것 같아. 어쩜, 선풍기에 날개가 없다니.

아니 내가 지금 35만원이 부담돼서 하는 말이 아니라.

좀 방귀 같은 기분

방귀는 참 신기해. 내 방귀는 하나도 싫지 않잖아. 때로 방에 혼자 누워 있을 땐 엉덩이에 손을 오목하게 대고 가스를 모아보기도 하는걸. 매일의 식사에 따라 달라지는 방귀는 참 성실하기도 하지. 어제는 메탄가스가, 오늘은 황화수소가. 내가 먹은 것이 곧 나라면 내가 뀌는 것도 곧 나라는 단순한 진실.

가끔 내 결점과 못난 구석에 견딜 수 없이 괴로울 때면 방귀 생각을 해. 나는 내 방귀는 좋아하면서 왜 나 자신은 좋아하지 않는 걸까. 방귀를 사랑할 거면 인간적으로 그 방귀 뀌는 사람도 좀 아껴줘라! 그렇게 자신에게 외치고 나면, 참았던 방귀를 모아 모아 화장실에서 한번에 터트린 것 같은 느낌이 들어. 그러니까 기분이 좀 좋아진다는 뜻이야.

이 글에서 방귀 냄새 난다.

하루 중 가장
행복한 순간.

따뜻한 물이 담긴
욕조에 몸을 담그고

보글보글 방귀 뀔 때.

달과 마법 소녀

어릴 때 자주 주변을 두리번거리며 걸었어. 날 마법 소녀로 만들어줄 메신저를 만나려고. 만화영화에 나오는 작고 귀여운 동물 모습을 하고 있는 그 요정 같은 생명체 있잖아. 혹시나 왔는데 놓쳤을까 봐 때때로 화단을 들여다보거나 샛길을 기웃거렸어. 커다란 달이라도 뜬 밤이면 넓지도 않은 아파트 단지를 몇 바퀴나 서성였는지 몰라. 터질 것 같은 가슴을 안고 기다렸어. 분명, 귓가에 이런 목소리가 들려올 거라고 믿으며.

안녕? 넌 세계를 어둠으로부터 구해낼 마법 소녀야. 나와 함께 가지 않을래?

슈퍼문이 실시간 검색어 1위에 올랐던 날. 야근을 끝내고 피곤에 절어 좀비처럼 비틀거리면서 귀가하던 밤. 문득 자취방 문에 열쇠를 밀어 넣다가 하늘을 올려다보았어. 너무 커다래서 어쩐지 무섭기까지 한, 크레이터가 선명하고 조금 붉은색을 띤 달이었어. 나는 어쩐지 오늘이야말로 이 세계 어딘가에서 마법 소녀가 탄생하고 있을 거라는 강렬한 확신이 들었어. 상냥한 메신저가 저 붉은 달 아래서 세상을 구할 소녀를 찾아가고 있을 거라고. 그리고 만약에, 만약에 그게 나라면.

급여부터 물어봐야지. 임시직이라면 주휴수당 단단히 챙기고 정규직 전환 여부를 꼼꼼히 따져봐야 해. 어둠의 세력이랑 맞서는 거니까 위험수당이랑 심야수당도 요구하고. 초과근무가 많을 것 같으니 그것도 계약서에 포함시켜야지.

삐걱거리는 철문을 열고 방으로 들어가며 생각했어. 이렇게 찌들어버린 나라도 괜찮다면, 누구든 찾아와서 함께 세상을 구하자고 말해주면 좋겠다고. 누구라도.

제일 좋아하는 색

　　내 이불 커버는 연분홍색이야. 잠옷은 핫핑크. 러 그는 광택 도는 펄핑크고 커튼은 회색이 섞인 쿨핑크지. 욕실 앞 규조토 매트는 인디핑크, 주방에는 코랄핑크로 깔맞춤한 식기 세트가 있어. 냉장고 문에는 양 뺨에 홍조를 띤 어피치 마그넷이, 슬리퍼에는 보송보송한 분홍 토끼가 대롱거리고, 벽에는 쨍한 분홍 잉크로 인쇄된 리소 포스터가.

맞아. 이 '너무' 보드랍고 상냥한 색깔을, 늘 불퉁하고 무뚝뚝한 내가 남몰래 사랑하고 있어. 왠지 쑥스러워 집에만 꽁꽁 숨겨둔 RGB. '의외로' 여자답다고 할까 봐, '알고 보니' 소녀스럽다는 말을 들을까 싶어, 감추고 눌러온 빛의 스펙트럼.

내가 제일 좋아하는 색 분홍.

여자면서 남자인

  네가 나에게 '보기보다 여성스럽다'라고 말할 때, 그 여성스러움이란 이런 것이면 좋겠어. 생리전증후군에 시달리면서도 할 일은 해낼 때의 의지력, 자궁질환검사를 정기적으로 받을 때의 철저함, 허벅지며 팔뚝, 배에 붙은 두둑한 군살을 출렁출렁 흔들며 웃어제낄 때의 호탕함 같은 것들.

  네가 나에게 '의외로 남자 같은 면이 있다'고 말할 때, 그 남자 같음이란 이런 것이면 좋겠어. 면도기를 노련하게 다루며 주기적으로 수염을 다듬을 때의 성실함, 비뇨기과에 가는 것을 꺼려 하지 않을 때의 무던함, 넓어지는 헤어 라인을 자기만의 스타일로 승화시킬 때의 창의성 같은 것들.

다 좋은 것들뿐이야. 그렇다면 나는 여자면서 남자인 채로 살래.

내 얼굴

　　노트북을 켜놓고 잠시 멍 때리고 있었더니 절전모드가 작동돼서 화면이 꺼졌어. 순간 까만 디스플레이 위로 내 얼굴이 비치는데 와, 너무 예쁜 거야. 반짝거리는 눈, 새초롬한 입꼬리, 통통한 볼. 전형적인 미인은 아니지만 볼수록 정이 가는 생기 있는 얼굴. 이런 매력덩어리가 어디서 나왔을까. 오늘은 엄마께 전화를 해야겠다. 예쁘게 낳아주셔서 감사하다고 말해야지.

내 얼굴 너무 좋아.

SNS를 하다가 실수로 카메라 버튼을 눌렀어. 전면 카메라로 설정되어 있었는지 순간 핸드폰 화면에 내 얼굴이 가득 차는데 오 마이 갓, 너무 못생긴 거야. 당황해서 핸드폰을 놓쳐버렸어. 두툼한 투턱에 여드름 흔적, 초점 없는 눈에 짙은 다크서클. 정말 나 맞아? 뒤집힌 핸드폰을 집어 들기 겁나서 한참을 망설였어. 이미 늦은 걸까. 역시 수능 끝나고 제대로 손을 댔어야 했던 걸까.

내 얼굴 완전 싫어!

내 얼굴 : 어쩌라고.

정신차려! 이 각박한
세상 속에서!

SNS 속 화려한 삶에
주눅들지 말고
이만 일어나.

셀럽도 인플루언서도
아니지만 너를 사랑하는
핸드폰 밖의 사람들이
있어.

뒤를 돌아봐.
바로 나 말이야.

세계 7대 누구세요

① 자소서 속의 나

② 100여 번의 시도 끝에 살아남은 단 한 장의 셀카

③ 여권 사진

④ 불참한 동창회에서 얘기되는 나의 근황

⑤ 엄마가 결혼 정보 업체에 넘겼다는 내 프로필

⑥ SNS 속 명랑한 자신

⑦ 하루 종일 사람들 사이에 섞여 누구의 지인, 친구, 딸로 웃고 떠들며 지내다가 집에 들어와 화장실에 갔을 때 무표정하게 나를 보고 있는 거울 속의 여자

환절기 미스터리

계절이 바뀔 때마다 너와 나의 전두엽을 흔드는 단 하나
의 미스터리.

작년엔 대체 뭘 입고 다녔지?

가설1. 벗고 다님.
 └ 아니었으면 좋겠음.

가설2. 교복
 └ 그 나이가 아님.

가설3. 빌려 입음.

└ 빌릴 친구가 없음.

가설4. 옷장의 옷들

└ 세상에, 이렇게 구린 걸 입고 다녔을 리가 없어.

　 협박이라도 당하지 않았다면.

결론.

└ 작년에 나는 협박을 당했다.

지하철 거울의 장르는 사랑

왜 붙어 있을까? 지하철 환승 통로나 플랫폼 근처, 벽 한 면을 차지하는 커다란 거울 말이야. 곰곰이 생각해 봤는데 어쩌면 고도로 계산된 보행자용 안전장치일지도 몰라. 거울 앞을 지날 땐 거기 비친 자기 모습을 보느라고 걸음이 느려지니까. 그렇게라도 좀 천천히 가라는 의도 아닐까?

아님 말고.

출근길 반쯤 잠든 채 걷는 직장인도, 인파에 눌려 구겨진 가방을 두드려 펴는 학생도, 곱게 파마를 한 어르신도, 거울 앞을 지날 때면 습관적으로 스스로의 모습을 비춰봐. 그러다 같이 거울을 보고 있던 다른 사람과 눈이 마주치면, 재빨리 몸을 돌리고 가던 방향으로 총총 사라져. 그 머쓱해하는 뒷모습이 꼭 점프에 실패한 고양이처럼 사랑스러워서

생각하곤 해. 저렇게 시선을 떼지 못하는 걸 보면, 사실 사람들은 자기 자신을 무척 좋아하는 거 아닐까?

그러니까 나를 포함해서 말이야.

좋은 것은 크게 보자

어제 말이야. 카페에서 친구랑 셀카 찍으면서 놀았거든. 근데 어플에 서로 얼굴 바꿔주는 기능 있잖아. 그걸 켰는데 친구의 이목구비는 내 얼굴 안에서 오종종하게 모여 공간이 남아도는데 내 이목구비는 친구의 얼굴 윤곽을 가득 채우고도 막 비어져 나오는 거야. 민망해서 얼른 삭제해버렸어. 내가 좀 얼굴이 큰 편이라는 사실은 스무 살이 넘어서 알게 됐지. 점을 보러 갔는데 관상을 보시는 분이었는지 대뜸 하는 말이 괜찮대. 그 키에 그 얼굴 크기면 적당한 거래. 신경 쓰지 말래. 나 참. 되게 신경 쓰이게. 볼캡을 쓰고 싶어서 인터넷에서 빅사이즈를 검색하는 검지손가락이 조금 슬퍼. 엄마랑 시밀러룩으로

입으려고 함께 산 티셔츠의 목부분이 나만 늘어나버린
건 설마 머리 크기 때문은 아니겠지.

뭐, 원래 좋은 건 크게 보는 거니까.

사랑하나 봐

나는 어제 눈을 빛내며 나 자신이 좋다고 말했고, 오늘은 스스로가 너무 싫어서 가능하다면 평생 안 보고 싶었어. 매일 내가 예쁘고 매일 내가 미워. 내가 알기로 이런 변덕스러운 마음은 사랑밖에 없는데.

너무 많이
사랑하는 습관

2

너무 많이 사랑하는 습관

나에게는 너무 많이 사랑하는 습관이 있어. 이걸 고치려고 얼마나 노력했는지 몰라. 오래오래 보지 말 것. 깊이깊이 생각하지 말 것. 두고두고 가슴에 새기지 말 것. 하지만 몽땅 실패했지 뭐야.

내가 너무 많이 사랑하는 건, 말랑말랑 고양이 뱃살, 반지가 잘 빠지지 않는 엄마의 굵은 손마디, 흰털이 촘촘히 돋아난 아빠의 뒷목, 빨간 치마를 입은 사진 속의 어린 나, 다큐멘터리에서 본 수족관 돌고래의 눈망울, 코끼리의 콧잔등, 그리고 너의 전부.

사랑 고백

어린 시절의 짐을 정리하다가 스케치북 하나를 발견했다. 색색의 크레파스로 서툰 하트가 가득 그려져 있었다. 열 살 즈음이었을까. 아마 당시 나는 예쁜 하트를 그리는 데에 몰두하고 있었던 모양이다. 스케치북을 한 장 한 장 넘길 때마다 어린 나에게 꽉 찬 사랑 고백을 받는 기분이 들었다. 스케치북을 서랍에 소중히 넣어두었다. 위로가 필요할 때마다 펼쳐 볼 것이다. 남에게는 매일 이모티콘으로 날리는 하트를 나에게는 너무 박하게 나누었다.

그 방귀까지 사랑한 거야

낯선 방귀 냄새를 맡으면 생각이 나. 함께 먹은 삼
겹살과 마늘 때문이었는지 살짝 강렬했던, 차량용 방향
제의 라벤더 향에 섞여나던 그 구리구리함이. 네 차를 처
음 타는 날이었지. 당황한 너의 손가락이 창문 개폐 버튼
위에서 바들바들 떨리고 있는 걸 보았어. 난 그만, 활짝
웃어버리고 말았지.

낯선 방귀 냄새를 맡으면 생각이 나. 네 방귀까지 사랑했
던 내가.

내 이상형은

    로봇 청소기에게 상냥한 사람. 인형 탈을 쓴 알바생과 기념사진을 찍고 싶어 수줍게 줄을 서는 사람. 개미가 줄지어 지나가면 피해서 돌아가는 사람. 송이째 떨어진 능소화를 줍기 위해 땡볕에서 허리를 구부리는 사람. 산책하는 강아지를 보면 반사적으로 웃어버리는 사람. 그렇게 작은 것에 마음을 내어주는 사람. 내가 얻고 싶은 사람. 되고 싶은 사람.

'좋아요' 배달 왔어요.

하트의 모양은 심장을
본뜬 거라죠?

오늘도 당신의 해사한
셀카 아래

내 애타는 붉은 심장을
매달았어요.

웜톤 쿨톤 술톤 벚꽃톤

저녁에 곱창볶음을 먹고 배를 두드리며 온수 매트 위에 누운 내 얼굴은 기름진 웜톤. 애프터 넣었다가 읽 씹 당하고 처음부터 인연이 아니었다고 친구에게 입 터 는 내 얼굴은 노력형 쿨톤. 돼먹지 않은 개그를 친 후 적 막 속에서 이마 땀 인중 땀 폭발하는 내 얼굴은 치욕 속 의 술톤. 오후 네 시에 오는 너를 기다리며 오후 세 시부 터 내 얼굴은 윤중로 벚꽃톤.

봄날

　　벚꽃을 보면 배가 고픈 건 팝콘을 닮았기 때문일 거야. 나는 무조건 플레인 팝콘. 따끈따끈하고 바삭바삭한 맛을 제대로 즐기려면 영화관으로 가야지. 비싸니까 한 통만 사서 나눠 먹자. 아무래도 의자 사이 팔받침을 젖히는 게 편할 것 같아. 열심히 먹다가 우연히 통 안에서 손끝이 스치더라도 그냥 넘어가줘. 그 순간 내 얼굴은 분명 저 벚꽃보다 더 핑크핑크해져 있을 테니까.

지금 데이트 신청하는 건데, 계속 모른 척하기야?

수박의 93퍼센트는
물이래.

내 마음의 93퍼센트는
너인데.

귀엽지 않아

귀엽지 않아. 네 정수리에 머리카락 몇 가닥이 둥둥 떠서 흔들리는 거. 하나도 귀엽지 않아. 꼼지락대는 너의 그 반질반질한 손끝이 살짝 분홍색인 거. 절대 귀엽지 않대도? 상대를 빤히 바라보며 말할 때 콧등을 찡긋거리는 버릇 같은 거. 저런 게 귀여울 리가 없어. 멍하니 있을 때 저도 모르게 펜 끝을 입에 가져가 오물오물 썹어 버리는 행동.

정말 귀엽지 않다고. 귀여워 보이면 끝이란 말이야. 사랑에 빠진 거라고.

짝사랑과 시야각

앙고라토끼가 되고 싶어. 털이 하얗고 보송보송한 토끼 있잖아. 걔가 글쎄 355도나 되는 시야각을 갖고 있다지 뭐야. 네가 어느 방향에서 다가오든 멀리서부터 알아차리고 미리 마음의 준비를 하고 싶어. 혼자서 설레고 떨고 빨개지는 게 너무 창피해서.

오늘도 뒤에서 갑자기 들려오는 네 목소리에 내 심장은 튀어나올 것처럼 요동쳤어.

고작 200도인 인간의 시야각으로는 이 짝사랑이 너무나 벅차.

꼼짝 마!

더 이상 나를
설레게 하면

확 사랑해버릴 테니까.

떡볶이를 사주다니

    내게 떡볶이를 사주다니. 발그레한 양념이 잘 배어 반지르르 윤이 나는 이 맛깔스런 음식을 함께 먹자고 하다니. 게다가 오뎅도 찢어주고 하나 남은 떡도 양보해주다니. 아무리 생각해도 이건 100퍼센트다. 다음에 만났을 때 고백 받으면 뭐라고 대답하지?

어쩔 수 없어,
좋아서

복숭아털 알레르기가 있으면서 복숭아를 좋아하는 건 너무 곤란해. 복숭아를 씻을 때마다 긴팔로 갈아입고 고무장갑을 끼고 마스크로 코와 입을 막은 채 싱크대 앞에 서야 한단 말이야. 개털 알레르기가 있으면서 개를 좋아하는 것도 난처하기는 마찬가지야. 개 키우는 친구집에 갔다 온 저녁에는 온몸에 두드러기가 돋아 밤새 몸을 긁어야 하지. 위장이 약하면서 아이스 아메리카노를 좋아하는 것도 정말 불편해. 가끔 두 잔 이상 마신 날에는 아린 속을 부여잡고 도쿄에서 사 온 양배추약을 입에 털어 넣곤 해. 힘들면 안 먹고 안 만지면 되는데. 어쩔 수 없어, 좋아서.

괴로울 게 뻔한데도 좋아하는 것은 습관인가 봐. 그렇게 사람에게 상처를 입고도 당신이 좋아. 정말 어쩔 수 없어, 좋아서.

뭘까 이건

　　아보카도는 뭘까. 왜 과일인데 느끼하고 기름질까. 밥에 비벼 먹어도 맛있고 빵에 발라 먹어도 꿀맛이잖아. 우리 집 고양이는 뭘까. 왜 육식동물인데 베란다의 화분을 죄다 뜯어 먹고 파헤쳐 놓을까. 기껏 비싸게 주고 사 온 가다랑어 캔에는 관심도 없잖아. 나는 뭘까. 왜 영장류인데도 이족보행을 안 하고 주말마다 집에서 배로 기어 다닐까. 하도 배밀이를 해서 걸레질을 할 필요가 없잖아. 당신은 뭘까. 왜 타인인데 당신이 아프면 나도 아프고 당신이 웃으면 나도 웃음이 날까. 나도 모르게 당신의 행복만을 빌고 있잖아. 사랑은 뭘까. 지금 내가 당신을 생각하는 이 마음일까.

끝없는 사탕 꾸러미를 만들어요

　　당신과의 추억은 가방 앞주머니에 넣어둔 비상용 사탕 같아요. 지치고 힘들 때 하나씩 꺼내 먹으면 비실거리던 몸과 마음에 힘이 솟아요. 나는 먹어도 먹어도 줄지 않는 끝없는 사탕 꾸러미를 당신과 만들고 싶어요. 언젠가 당신이 곁에 없는 비상시의 그날이 찾아오면 이 사탕이 나를 지탱해주리란 걸 알아요.

바람 부는 날

　　오늘은 바람이 세게 부니 몸을 꼭 붙들고 걸으세요. 트렌치코트의 깃이 펄럭이지 않게. 챙이 좁은 모자가 벗겨지지 않게. 가슴팍에 주렁주렁 매달린 설렘과 기쁨과 추억도 놓치지 말고요. 겨드랑이쯤에 아무도 모르게 들러붙은 우울과 슬픔과 절망도 날아가지 않게 조심조심. 그렇게 내게로 오세요. 웃기만 하는 당신은 싫어요. 당신의 행복과 불행, 햇살과 그늘, 미소와 울상을 전부 모아, 온전한 당신을 나는 만나고 싶어요.

기우뚱 걷는다

　　신발 밑창이 늘 바깥쪽만 닳는다. 발바닥의 가장자리로 좀 뒤뚱뒤뚱 걷는 버릇이 있다. 건강에 안 좋고 보기에도 별로라서 고쳐보려고 여러 번 시도했지만 실패했다.

캄캄한 골목길에서 네가 손을 흔들며 나를 반겼다. 너는 걸음걸이만 보고도 나를 알아봤다고 했다. 여기서 더 너를 좋아하기가 벅차서, 대신 나는 내 못생긴 걸음걸이를 좋아하기로 했다.

상실의 시대

잃어버리는 연습을 한다.

포기나 체념과는 다르다. 잃어버림은 의지가 개입되지
않은 상태다. 현상이다. 삶에서 그대가 어느 순간 소멸되
는 재앙이다. 이 단어에서 나는 그저 수동태로 존재한다.
양 손발이 묶인 채 그저 받아들여야만 한다. 필연이다.
숙명이다. 그래서 연습한다. 조금씩 그대의 부재에, 잃어
버림에 익숙해지는 훈련을 한다. 슬퍼지기 위해서가 아
니라 행복하기 위해서. 당신의 유한함을 잊지 않고 지금
의 우리에 감사하기 위해서. 뒷목이 서늘해지는 그 상실
의 감각을 반복해서 몸에 덧씌운다. 잃어버리는 연습은

사랑하는 연습이다.

그렇다고 이렇게까지 우산을 자주 잃어버릴 필요는 없
을 텐데.

마음을 위한 요가 수업

무릎을 세우고 바닥에 앉으세요. 그리고 양팔로 다리를 껴안으세요. 허벅지를 가슴에 밀착시킨 후에 고개를 숙여 무릎에 이마를 대세요. 턱을 내려 입과 코를 한껏 심장 가까이로 당기세요. 이제 손바닥으로 종아리와 허벅지를 두드려볼까요? 토닥토닥. 10번 해볼게요. 좋아요. 이제 심장을 향해 말해주세요.

괜찮아.

지금 아파해도 괜찮아. 나는 네가 언젠가는 다시 행복에 겨워 두근거릴 거라는 걸 알고 있어.

사람들은 이 모습을 웅크린다고 하지만, 저는 심장 자세
라고 불러요.

2세트 더 반복해볼까요?

안녕의 의미

    '안녕하세요'라는 말과 '안녕히 가세요'라는 말을 줄여서 둘 다 '안녕'이라고 쓰는 나라에서 산다는 건 꽤나 쿨한 일이야. 우리가 만날 때와 헤어질 때 같은 말을 나눈다는 건. 어제 우리는 꼭 헤어지는 것처럼 '안녕'이라고 말하고 손을 잡았고 마치 처음 만나는 것처럼 '안녕'이라고 말하고 멀어졌지. 그게 우리의 마지막이었지만 나는 알고 있어. 안녕은 또 다른 안녕. 다음의 안녕을 나는 기약해. 물론 너 말고 다른 사람으로.

문제와 정답

다음은 글쓴이가 이별 후 첫 주말에 SNS에 올린 3장의 일상 사진이다. 사진 촬영 과정 및 태그에서 추론할 수 있는 글쓴이의 의도 중 바람직하지 않은 것을 고르시오. (정답 1개)

다음

침대 협탁에 널브러져 있는 과자 봉지와 생라면 부스러기와 다 쓴 면봉이 화면 밖으로 나가도록 핸드폰 각도를 튼다. 빈티지 탁상시계와 패브릭 포스터가 잘 나오도록 초점을 맞추고, 필름 카메라 느낌이 나는 필터를 씌워 사진을 찍는다. 갤러리에 들어가 확대해서 살펴본다. 벽지에 보이는 희미한 얼룩은 작년 여름에 모기를 때려잡은 자국. 안 보이게 크롭한다.

#토요일아침 #늦잠 #행복

각종 고지서와 영수증, 마트 광고지, 말라붙은 물티슈와 두루마리 휴지 같은 너저분한 생활의 부산물을 테이블 구석으로 몰아둔다. 어제 리빙페어에서 사온 덴마크 접시에 우드 스푼을 매치한 뒤 크랜베리 그레놀라와 우유를 붓는다. 항공샷 한 장. 너무 열 맞추면 도리어 어색하니까 스푼의 각도를 조금 튼다.

#자취생의아침 #서울리빙페어득템 #우드스푼

시폰 소재에 에스닉한 패턴이 그려진 롱원피스를 입고 트렌치코트를 걸친다. 작년 여름에 큰 맘 먹고 산, 가진 것 중 가장 비싼 가방을 더스트백에서 꺼내 어깨에 맨다. 좋아하는 로퍼를 신고 집을 나선다. 지하철에 내려가 깨끗한 스크린 도어를 찾는다. 얼굴이 최대한 작아 보이게 팔을 쭉 뻗어 핸드폰으로 눈, 코, 입을 가리고 반사된 내

모습을 찍는다. 짝다리를 짚었네. 한 장 더 찍는다.

#10년지기친구들 #지금만나러갑니다 #설렘

---

① 내 계정 염탐하고 있는 거 다 알아.

② 왜냐하면 나도 네 계정 보고 있으니까.

③ 나 완전 잘 지내는 거 보이냐?

④ 너 없이도 잘 살아.

⑤ 근데 나 네가 선물해준 탁상시계랑 로퍼 아직
   안 버렸다……?

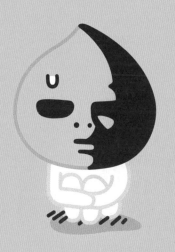

행복 중독자의 행성들

　　행복한 이야기가 좋아. 요즘엔 모든 갈등이 열 페이지 만에 풀려버리는 로맨스 소설이나 무조건 해피엔딩인 코미디 영화만 보고 있어. 상처로 가득한 다른 사람의 삶 같은 거 보고 싶지 않은걸. 그건 나로 충분해. 맞아 나는, 행복하지 않은 행복 중독자. 자신만으로 가득 차서 타인의 아픔을 품지 못하는, 나라는 작고 편협한 행성의 유일한 주민.

우리가 이토록 쓸쓸한 이유는 서로의 행성이 이렇게나 멀리 떨어져 있기 때문이겠지. 자아라는 대기층에 꽁꽁 싸여 홀로 자전하는 외로운 중력의 덩어리들. 이 고독한

질주를 견디게 하는 단 하나의 위로는, 아주 멀리서 보면 우리가 하나의 은하수라는 사실.

행복한 이야기가 좋아. 상처로 가득한 다른 사람의 삶 같은 거 보고 싶지 않아. 나는 이렇게 오래도록 닫혀 있을 것이고, 슬프지만 아마 쉽게 변하지 않을 거야. 그럼에도 불구하고 나와 같은 은하에 머물러주는 너에게, 큰 소리로 외치고 싶어. 고마워. 정말 고마워. 우리의 은하에 공기가 없어서 이 목소리가 전해지지 않는다 해도, 아주 큰 소리로.

치킨코인 발명가
혹은 다이어터

3

살이 찌는 이유

　　요즘 나의 기준 통화는 치킨코인이다. 가장 좋아하는 브랜드의 프라이드치킨 가격인 15,000원이 1치킨코인에 해당한다. 집에서 회사까지 택시 탈 때 약 0.8치킨코인. 덕질하는 연예인이 방송에 입고 나온 후드티 약 2.5치킨코인. 을지로의 힙한 카페 커피값 약 0.4치킨코인. 그리고 책값이 약 1치킨코인 전후.

당신이 이 책을 위해 지불한 1치킨코인을 생각한다. 무려 치킨 한 마리를 먹을 수 있는 돈을 지불하고 이 책을 고른 것을 생각하면 중압감에 차마 잠을 이룰 수가 없다. 조금이라도 좋은 책으로 보답하고자 늦게까지 작업을 했더니 허기가 져서 1.2치킨코인으로 방금 순살허니콤보 하나를 주문했다.

풀코스 다이어트

　　좋아하는 연예인의 팬미팅이 한 달 남았다. 경희 대학교 평화의전당 3층에 앉아 있으면 그의 눈에는 내가 플랑크톤만 하게 보이겠지만 혹시라도 눈이 마주치게 될 경우를 대비해서 다이어트를 시작했다. 우선 쇼핑부 터. 복숭아 곤약 젤리 30개. 아침 식사다. 점심은 닭가슴 살. 먹다가 질릴까 봐 고추, 양파, 후추, 마늘 네 가지 맛 으로 10팩씩 샀다. 저녁은 굶을 거지만 너무 배고파서 잠 이 안 올 수 있으니 견과류를 약간 준비했다. 완벽하다.

결론. 에피타이저로 곤약 젤리를, 메인 코스로 배달앱 리 뷰 많은 순 1열을 주문하고, 디저트로 견과류를 세 봉지씩 뜯어 먹었다. 닭가슴살은 맥주와 함께 야식으로 딱.
팬미팅 가기 전에 몸무게를 쟀더니 3kg이 늘었다. 오동
통한 플랑크톤이 되었네.

여론 수렴 절차

아이돌 P군이 팬사인회에서 입은 분홍색 니트가 계속 눈에 아른거려 검색까지 해봤다. 살짝 비싸지만 못 살 정도는 아니었다. 결제 버튼 누르기 직전까지 갔다가 잠시 숨을 고르고 친구들에게 링크를 보냈다. 얘들아. 나 이 옷 사라마라 해줘라.

마케터 S의 답변

네 얼굴이 P군이면 사라

오늘

S는 패션 트렌드를 감지하는 뛰어난 촉을 가진 망원동 힙스터. 내가 뭘 사려고 망설일 때마다 단호하게 장미칼

을 휘둘러주는 고마운 친구다. 너 비슷한 옷 집에 100개 있음. 이 색 입으면 얼굴 술톤됨. 10kg 빼고 입어라. 가끔 상처를 안 받는 건 아니지만 참 친구 인정. 일단 S는 반대로군.

고등학교 교사 Y의 답변

> ㅋㅋㅋㅋㅋㅋㅋㅋㅋㅋㅋㅋㅋㅋㅋㅋㅋㅋ

> 언니 나도 그 옷 예쁘다고 생각했어 사라 사라

> 나도 L군이 입은 맨투맨 샀어

> (사진)

> (사진)

> 우리 L군 예쁘지?

> (이모티콘)

> (링크)

> 언니 이번에 음원 차트 투표……

오늘

P군과 과거 같은 그룹이었던 L군을 좋아하는 고등학교 교사 Y. 요즘 이 친구와의 대화는 기승전 L군으로 흘러간다. 귀여운 것에 눈이 돌아가는 취향이며 한번 덕후가 된 자는 대상이 바뀔지언정 평생 덕후로 살 수밖에 없다는 인생관을 갖고 있음. 일단 찬성이라는 거지?

공무원 J의 답변

옷 사려고?

야 근데 대박 사건

우리 집 근처에 대박 유명한 곱창집 있다

줄 맨날 서 있음

너 언제 놀러 와?   오늘

J는 초등학교 때 동네 살던 친구. 가만 보니까 곱창을 2인분부터 파는 모양이다. 이 대화창을 훑어보면 대화가 아니라 각자 열심히 독백을 하고 있다. 내가 옷을 입든 벗든 알몸으로 다니든 관심 없는 애한테 물어본 게 잘못인

걸로. 그리고 나 오늘부터 곱창 끊을 거란다 J야. 살 쫙 빼서 여리여리 핏으로 분홍색 니트 입을 거거든.

택배 빨리 오면 좋겠다.

여름휴가 주의사항

1. 물놀이 안전 수칙을 준수합니다.
2. 집을 비울 동안 문단속을 철저히 합시다.
3. 너무 많이 먹지 않습니다.
4. 휴가지에서 입기 위해 평소에는 시도하지 않을 과감한 옷들을 과도하게 구입하지 않습니다.
5. 아빠가 보시는 SNS에는 수영복 사진을 올리지 않습니다.

안녕하세요 숍니다

　　밥 먹고 누우면 소가 된다는 말이 있는데 매일매일 먹자마자 드러눕고 있으니 어쩌면 나는 이미 소인지도 모른다. 그렇게 생각하면 소치고는 화장실도 잘 가리고 말도 잘하고 나름 사람들도 사귀고 돈도 벌면서 꽤나 분발하고 있다. 위가 4개여서 되새김질할 시간도 부족한데 사회생활까지 하고 있으니 참으로 대견한 일이다.

진술서

사건이 있기 전날 저는 아침으로 콜라비를 먹었고 점심에는 닭가슴살 샐러드를, 저녁에는 방울토마토와 오렌지를 먹었습니다. 당일에는 아침으로 삶은 병아리콩을, 점심에는 자몽과 아몬드와 캐슈너트를 먹었고요. 그래요. 저는 당시 위험한 짐승이었어요. 무려 48시간이나 탄수화물을 못 먹은!

그렇다고 제가 상무님 앞에서 노트를 바닥에 냅다 던져버린 것이 잘한 일이라는 것은 아닙니다. 아무리 상무님이 제 보고서를 젤리처럼 잘근잘근 씹어버렸다고 해도, 거기다 주말 특근을 지시하셨다고 해도, 아무리, 아무리……

반지하에서 춤을

   사회 초년생인 내가 구할 수 있는 집은 반지하 원룸뿐이었다. 구부정하게 낡아가는 다세대주택의 최하층에서, 어떤 조건에서는 곰팡이가 장마철이 아닌 한겨울에 피어난다는 걸 알았다. 한낮에도 어두침침한 창가에는 오라는 길고양이 대신 피다 버린 꽁초가 데굴데굴 굴렀다. 행인들의 발소리에 밤새 뒤척이다가 자동차 배기음을 듣고 일어났다. 그리고

걸핏하면 춤을 췄다. 발밑에 아무도 살지 않는다는 건 생각보다 자유로운 일이었다. 달리고 뛰고 뒤꿈치를 쿵쿵 찧어도 아무도 문을 두드리지 않았다. 트로피컬 하우스

뮤직, EDM, 컨트리송, 아시안 팝, 때론 애니메이션 주제
가를 자작한 볼륨으로 틀고, 비트에 몸을 맡겨, 내 안에
또 다른 나를 깨워, 머리채 풀고 무브 무브!

"장판을 걷으니까 바닥에 금이 갔던데 아가씨 알고 있었
어요? 내 생각엔 옆에서 신축 공사해서 그런 거 같은데."

이사 후 걸려온 집주인의 전화에 잘 모르겠다고 대답했
다. 나도 모르게 손톱을 물어뜯고 있었다. 설마 깃털보
다 조금 무거운 내가 발 몇 번 굴렀다고 바닥이 갈라졌겠
어? 아니겠지. 아닐 거야……

재회

　　친구의 청첩장을 받아 들고 생각했다. 여러 가지 친분 관계를 종합적으로 고려했을 때, 이 자리에 반드시 온다. 구남친.

결혼식까지 3주, 다이어트에 즉효라는 말에 복싱장에 등록해서 네 번 나가고 때려쳤다. 결혼식 당일 메신저로 지인에게 '미안한데 내 축의금 좀 대신'을 썼다 지웠다 하다가 결국 집을 나섰다. 다른 날보다 턱과 볼에 쉐딩을 빡세게 한 것은 작은 발버둥. 오랜만에 만나는 친구들과 정신없이 인사를 하다가 그와 마주친 순간, 깨달았다.

너도 그동안 행복한 통통이로 살았구나.

우리는 멀리서 어색하게 손을 흔들었다. 나는 눈빛으로

그에게 안부를 전했다. 뒷배경으로 한때 행복한 날씬이
었던 어린 날의 우리가 아련히 스쳐 지나갔다.

그날 뷔페는 아주 맛있었고 나는 다섯 접시를 먹었다.

여러분 절대 친구에게
속마음을 터놓지
마세요. 힘든 일 있어서
얘기했더니 친구 둘이
저를 으슥한 골목으로
끌고가서 떡볶이랑 납작
만두 막 억지로 사주고
아이스크림 손에
들려주고 집에 데려가
침대에 눕게 해서
감자칩 입에 넣어주는
통에 지금 뭣 때문에
힘이 들었는지도
잊어먹고 행복한 돼지
되기 일보 직전이에요.
큰일났어요.

배와 가슴의 경쟁 관계

　　나의 배와 가슴은 오랜 경쟁 관계. 어릴 때는 둘 다 고만고만 판판했고 2차 성징이 오면서 가슴이 이기기 시작했으나 성인이 되어 배가 서서히 따라붙기 시작했지. 어제는 커피를 마시다 흘렸는데 다행히 배가 아닌 가슴에 떨어져서 얼마나 안심했는지 몰라. 힘내라 가슴! 이겨라 가슴! 아자 아자 가슴 파이팅!

지극히 개인적인 패션 사전

ㅣ모욕감 프리 사이즈 옷을 보며 내가 느끼는 감정.

ㅣ비가역성 한번 밴딩 팬츠를 입으면 그 이전으로
　　　　돌아갈 수 없음.

ㅣ인내 붉은 신발 자국이 다섯 개쯤 그어진
　　　내 발뒤꿈치에게 헌정하는 단어.

ㅣ저항 엄마가 제발 좀 차려입고 다니라며 백화점에서
　　　사준 블라우스를 환불하고 운동화 사 옴.

l **아노미** 모델 핏만 보고 샀는데 내가 입고 거울 앞에 섰을 때의 정신적 상태.

l **공허하다** 회사에서 입을 옷이 없어서 월급을 다 오피스룩 사는 데에 써버렸다.

l **자유롭다** 벙벙한 후드티 뒤집어쓰고 노브라로 나왔다.

l **멋** 입고 싶은 옷 마음대로 입음.

l **독보적** 오늘 내 스타일.

튜브머니

출근길 지하철을 타면 발이 땅에 잘 닿지 않는 게 꼭 물속에 있는 기분이 든다. 수영을 할 줄 모르는 나는 숨이 막혀 허우적거린다. 어떻게든 수면에 떠 있으려면 튜브가 필요하다. 이럴 때 필요한 건, 튜브머니.

튜브머니란 수영을 못하는 사람이 가라앉지 않기 위해 튜브를 쓰는 것처럼 삶이라는 바다에서 가까스로 침몰하지 않고 떠 있기 위해 사용하는 돈으로 방금 내가 지은 말이다. 간신히 숨쉴 자유를 선사하는 이 튜브머니는 나의 경우 주로 초콜릿, 마카롱, 카눌레 등의 달달한 주전부리나 치킨, 곱창, 떡볶이 등의 야식, 비싸고 양 적은 레

스토랑 요리 등에 쓰는 돈이 해당되는데 써놓고 보니 다 먹을거리다. 따라서 튜브머니를 자주 사용하게 되면 마치 튜브를 두른 것처럼 배 둘레에 지방이 두둑하게 오르는 효과가 생긴다. 사람이 떠 있기 위해서는 물보다 몸의 비중이 적어야 하는데 지방이 근육보다 비중이 적으므로 아주 바람직한 변화라고 할 수 있다.

부력과 비중과 내 몸무게와 인바디 내장 지방 지수와 회사 책상 서랍에 넣어둔 도쿄바나나를 생각하다가 지옥철에서 내렸다. 매일매일 수면 위로 코를 내놓기 위해 버둥거리며 산다는 건 정말 안타까운 일이지만 아주 대단한 일이기도 하다. 나는 슬퍼하는 대신 스스로를 칭찬하기로 했다.

남은 인생에서
가장 날씬한 날

꽃놀이를 나갔는데 친구가 같이 셀카를 찍자고 하기에 고개를 저었다. 나 살쪄서 사진 찍히기 싫어. 친구가 정색을 하고 말했다. 내가 알고 있는 네 다이어트 참패의 역사에 비추어 말하는데, 오늘이 아마 남은 네 인생에서 가장 날씬한 날일걸? 우리는 앞으로도 계속 많이 먹고 운동은 안 해서 통통해질 거야. 큰 깨달음을 얻은 나는 잔뜩 예쁜 척을 하며 카메라 앞에 섰다. 가장 날씬하고 가장 어린 오늘의 우리가 갤러리에 100장쯤 쌓였다.

결국 모든 것은
지나가니까

4

너무 많은 건반 앞에서

　　청춘은 피아노를 처음 배우는 아이 같아요. 오른손 엄지손가락으로 도를 누른 후, 아이는 남은 87개의 건반 중에 무엇을 눌러야 할지 몰라 겁에 질려요. 너무 많은 건반, 너무 많은 검은 색과 하얀 색, 너무 많은 화음, 너무 많은 가능성. 보면대에 놓인 악보는 사실 하나도 읽을 수 없는데, 무엇을 눌러야 하는지 모른 채 손가락에 힘을 주지도 풀지도 못하고 울먹이는 것이 바로 청춘의 얼굴. 안쓰러워서 사랑스러운, 그저 처음 피아노 앞에 앉았을 뿐인 우리.

어째서 브로콜리

어째서 미처 무엇이 되지 못한 것들은 우리의 마음을 쉽게 저리게 만들까. 너와 내가 한 번도 누군가가 되지 못한 채 늘 과정 위에 선 사람이어서일까. 넌 브로콜리가 사실 열리기 직전의 꽃봉오리라는 것을 알고 있었니? 채 피우지 못하고 밑동이 잘려버린, 뜨거운 물에 들어가버린, 초장에 찍혀버린, 커다란 꽃봉오리. 자신의 꽃색깔을 알지 못한 채 영원히 푸르게 데쳐진 브로콜리 한송이가, 꼭 우리의 젊음에 대한 은유 같아서.

난 도저히 브로콜리를 못 먹겠어.

어린이 입맛이라거나 편식을 해서가 아니라.

솔직히 브로콜리 맛있다는 사람 다 사기꾼 아니냐?

내 친구 틸란드시아

　　잠들지 못하고 뒤척이다 결국 이부자리에서 일어나 책상에 앉은 밤. 스탠드 옆에 아무렇게나 올려둔 삐죽삐죽한 풀이 나를 쳐다본다. 틸란드시아 이오난사. 물을 주지 않아도 공기 중의 수분을 빨아들여 저 혼자 잘 자란다지. 의젓하지만 조금 애달파. 쓸쓸하고 씩씩한 이 작은 식물이 오늘 밤 나의 친구. 사람이었다면 너는 사랑을 주지 않아도 알아서 크는 아이였을까.

　　살아남는 건 우리의 찬란한 재능. 마르지 말자. 바스러지지 말자. 이 긴 밤, 이 긴 인생, 너와 나의 조촐한 약속.

우리의 스트라이프 티셔츠

나는 스트라이프 티셔츠 같은 사람. 번화가 카페 2층에 앉아 아래를 내려다보면 1분에 적어도 다섯 명은 입고 지나가는 줄무늬 티셔츠 같은 사람. 요약하자면 흔한 사람.

평범함은 나의 오랜 콤플렉스였어.

그날 말이야. 아이스크림 가게에서 네가 갑자기 울먹였던 날. 내가 조금도 특별하지 않아서, 그저 그런 뻔한 인간이어서, 난 꼭 네 마음을 알 것만 같았어. 기억나? 내가 그때 뭐라고 말했는지. 괜찮아, 괜찮아질 거야. 하필 또 얼마나 고루한 표현이었는지. 하지만 그 말을 듣고 다시 눈물을 쏟았던 너는, 괜히 따라 울어버린 나는, 서로의

심장에 놓인 비슷한 모양의 흉터를 보며 양손을 맞잡던 너와 나는, 우리는,

옷장에 같은 스트라이프 티셔츠를 갖고 있는, 사랑스럽고 흔한 사람들.

그래, 그날이었어. 처음으로 나의 평범함에 감사했던 날.

한여름의
크리스마스트리

12월 초에 잔뜩 설레어 준비한 자그마한 크리스마스트리가 정신을 차리고 보니 이듬해 한여름에도 자리를 차지하고 있었다. 게으름이 나의 크리스마스를 8개월짜리 대하드라마로 만들었다. 빨간 리본에 쌓인 먼지를 털어내고 은색 공을 닦으며 캐럴을 틀었다. 산타도 루돌프도 없는 무더운 날의 축제. 올 아이 원츄 크리스마스 이즈 유. 내가 크리스마스에 원하는 건, 너야. 가난한 동네의 여름 밤은 소란스럽다. 에어컨이 없거나, 있더라도 전기세를 아끼려고 에어컨을 트는 대신 창문을 열고 있기 때문이다. 옆집 부부가 낯선 나라의 말로 이야기하는 소리가 들렸다. 성조가 있는 그 나라의 말은 꼭 노래 같

았다. 나는 답가를 부르듯 캐럴을 흥얼거렸다. 산비탈에
다닥다닥 붙은 다세대 주택들에서 저마다의 창문이 일
루미네이션처럼 반짝였다.

안녕 내 얼린 숟가락

　　냉동실 정리를 하다가 된장국과 채썬 대파 틈바구니에서 숟가락을 발견했어. 이걸 내가 언제 넣어놨더라? 밤새 울어 부은 눈을 억지로 뜨려고 애쓰던 아침이 내게도 있었어. 너에게도 있었듯이. 그럴 때 냉동실에서 숟가락을 꺼내 눈두덩이를 문지르면 깜짝 놀랄 정도로 빨리 붓기가 빠지곤 했지. 이제는 이유조차 기억나지 않는 그 슬픔, 그 아침, 물에 젖은 종이 같았던 나.

차디찬 숟가락을 꺼내 수저통에 꽂았어. 하얗게 서린 김이 금세 녹아 사라졌어. 결국 모든 것은 지나가는구나. 안녕. 잔인하고 무심했던 시간. 안녕. 넝마처럼 볼품없었던 슬픔. 안녕. 내 얼린 숟가락.

냉장고 추모사

그는 성실한 냉장고였습니다. 함께한 8년 동안 하루 종일 조금의 쉼도 없이 자기 속에 담긴 식재료를 언제나 적절한 온도로 지켜주었습니다. 또 그는 인내심이 강한 냉장고였습니다. 표면에 각종 자석이나 치킨집 쿠폰을 덕지덕지 붙여도 묵묵히 참아냈습니다. 머리 위에 박스나 화분을 올려도 군말이 없었지요. 무엇보다도 그는 다정한 냉장고였습니다. 잠을 이루지 못하고 오래도록 뒤척이던 새벽, 물을 마시려고 냉장고 문을 열면 그는 고릉거리는 모터 소리와 측면의 미약한 온기와 내부의 은은한 노란빛으로 저를 반겨주곤 했습니다. 그때마다 저는 눈물이 날 것만 같았습니다. 그가 꼭 살아 있는 것 같아서, 제가 마치 혼자가 아닌 것만 같아서요. 그리고 아침에 일어나면 언제 그랬냐는 듯 본체만체 집을 나섰지요. 그는 그런 저를 언제나 말없이 지켜봐주었습니다.

8월 1일. 한낮 기온이 38도를 기록하던 날. 그는 돌연 나직한 진동음을 토해내고 생을 마감했습니다. 이제 1시간 후면 새로운 냉장고가 도착하고 설치 기사님이 그를 데려갈 것입니다. 더 이상 노란빛이 켜지지 않는 그의 냉장실과 냉동실 문을 열어봅니다. 그 속에 성에처럼 켜켜이 붙어 있는 지난 8년, 제 서툰 독립생활의 슬픔과 외로움을 일별해봅니다. 고마웠습니다. 온전히 나만의 것이었던 내 인생 첫 냉장고. 안녕히 가세요.

이메일의 역사

나에겐 중2 때 만든 이메일이 있어. epy로 시작하는데 에피쿠로스학파^{epikurous}의 앞 세 글자를 변형한 거야. 에피쿠로스는 쾌락주의를 주장했던 그리스의 철학자지. 15살의 내가 쾌락주의의 무엇에 그토록 감명을 받았는지 너무 궁금해. 궁금해 미칠 것 같아. 정작 오늘의 나는 거의 스님처럼 살고 있어서 이 이메일에 접속할 때마다 자괴감이 이루 말할 수 없는데.

그보다 일찍, 초등학교 때 만든 이메일도 있어. 여기에는 좋아했던 연예인의 이니셜이 들어가지. 이후로 내가 지조 없이 몇 명을 갈아타며 떠도는 와중에도 그는 메일 주소에 길이 남아 내 손끝에 머물렀어. 얼마 전 복고 열풍을 타고 콘

서트에서 그를 만날 수 있었는데 그저 눈물밖에 안 나오더라. 여기서 난 한 가지 사실을 깨달을 수 있었지. 열광은 짧아도 추억은 길고, 메일 주소는 그보다 더 오래간다는 걸.

몇 년 전 스마트폰 계정 때문에 새 이메일을 만들어야 할 일이 있었어. 이름을 적고 그 뒤에 중복이 되지 않도록 대충 단어를 조합해 붙였어. 중2스럽지도 덕후스럽지도 않은 참 심심한 주소가 완성되었지. 물끄러미 그 무미한 글자의 나열을 내려다보았어. 그 안에 내가 보였어. 메마르고 피로한 낯빛을 한.

가장 최근의 메일 주소는 작품 활동을 시작하고 필명을 따서 만든 거야. 단순한 두 음절로 구성된 이 주소에 나는 매일 접속해. 새 메일이 왔다는 알림 표시를 볼 때마다 설레서 검지 손끝이 떨려와. 높은 확률로 스팸일 걸 알면서도. 이 계정의 보관함에는 내가 한때 잃어버렸다고 생각한 것들이 들어 있어. 보답 없는 설렘, 헛되고 근사한 바람, 미련한 열정. 대체로 쓸모없고 반짝거리며 나를 두근거리게 하는, 꿈이라는 이름의 마법.

언젠가 새로운 이메일을 만든다면, 나는 또 어떤 알파벳 속에 깃들게 될까?

꿀팁

돈이 없는데 사람이 고플 땐 마트에 가세요. 김이나 참치캔, 계란 같은 언젠가는 먹을 식재료나 샴푸, 칫솔, 키친타월 같은 언젠가는 쓸 생필품 중에서 하나를 골라 계산대 위에 올려놓으세요. 그리고 계산원에게 말을 건네보세요.

안녕하세요. 봉투는 필요 없어요. 여기 포인트요. 영수증 주세요. 저기, 여기 몇 시까지 하나요? 아홉, 아홉 시요? 네, 감사합니다. 좋은 하루 되세요.

그러고 나면 한 일주일 자취방에 틀어박혀 누구와도 이

야기하지 않고 자기소개서만 써도 그럭저럭 외로움에
미치지 않고 버틸 수 있습니다.

오늘의 취준 꿀팁 끝!

오늘의 싸움을 마치며

　　꿈을 꾼다는 것은 세상의 무관심과 싸우는 일이다. 무관심은 덩치가 크고 힘이 세서 내가 늘 밀린다. 엉망진창으로 쓰러졌다가 다시 일어나서 또 주먹을 쥐고 덤비길 반복한다. 이 싸움에서 이길 가능성이 낮다는 것을 안다. 그래도 계속하는 이유는 꿈을 꾸지 않으면 뭘 해야 하는지 잘 모르기 때문이다.

집에 들어와 찢어진 마음과 부러진 진심을 붕대로 감는다. 불확실한 미래와 줄어드는 통장 잔고를 서랍에 넣고 얼룩진 자존심을 칫솔로 닦는다. 끝으로 홑겹의 희망을 덮고 눕는다. 그렇게, 오늘의 싸움을 마친다.

그 겨울의 희망에게

　　그리스 신화에서 판도라가 상자를 열었을 때 온갖 나쁜 것들이 세상에 쏟아져 나오고 상자에는 희망만이 남았다고 하잖아. 그래서 사람들이 희망을 잃지 않고 사는 거라고. 근데 나는 가끔 생각했어. 사실 가장 지독한 건 희망이 아닐까? 너무 지독한 나머지 마지막의 마지막까지 나오지 못하고 가라앉아 있었던 거 아닐까? 왜냐하면 우리는 나쁜 것에게 상처받지 않잖아. 기대한 것에게 상처받을 뿐. 어느 겨울날 연락이 오지 않는 핸드폰을 내려다보며 나는 희망에게 고함을 지르고 싶었어. 내게서 이만 사라져!

그러니까 나는 몰랐던 거야. 우리를 무너뜨리는 것도 희망이고 다시 세우는 것도 희망이라는 걸. 허물어진 자리에서 비틀거리며 일어나 아까와는 조금 다른 모양의 마음을 새로이 쌓아 올리는 것이 성장이라는 것을. 언젠가, 희망 덕분에 생긴 울퉁불퉁한 마음의 결을 한 겹씩 쓰다듬으며 그것을 경험이라고 부를 날이 오고야 말 거라는 걸. 그래 이 글은, 그 겨울 핸드폰을 이불 위에 던지고 울던, 단지 지금보다 조금 어렸던 나에게 해주고 싶은 이야기.

희망

어두운 술집에서 일행 중 한 명이 립밤을 떨어뜨리자 모두가 핸드폰 플래시를 켜고 바닥을 비췄다. 배터리가 남아 있는 한 우리가 언제 어디서든 서로의 빛이 될 수 있다는 사실이 위로가 되는 날이었다.

지나고 나면 봄

　　기상청에 따르면 하루 평균 기온이 5도 이상인 날이 9일째 계속되면 그중 첫날을 봄의 시작으로 삼는다. 그렇다면 우리는 어느 누구도 봄의 시작을 실시간으로 축하할 수 없는 셈이다. 봄은 9일을 버텨 돌이켰을 때 어느새 찾아와 있다.

지금 당신이 이 9일의 봄 위를 걷고 있음을 믿는다. 부디 그 시간이 너무 가혹하거나 혹은 지루하지 않기를 빈다.

타임슬립 : 10년 전의 나에게

썬크림 매일 발라.

그리고 동묘에서 구제 옷 좀 사 입지 마. 스타일링이라도 좀 잘하든가. 그렇게 막 입고 다녀서 지금 내가 그때 사진으로 추억팔이를 못해요. 다 흑역사로 남는다는 걸 기억해.

인터넷 방송 시작해. 지금 당장. 언니 말 믿어. 그게 잠재력이 어마어마하단다.

그리고 좀 생소할 수 있는데 비트코인이라고 있거든? 그게 2018년에……

아니다, 미안한데 지금까지 한 말 다 잊어버려. 그냥 너 하고 싶은 거 해. 대체로 결과가 실망스러울 건데 애초에 그 나이 때 결과 좋은 사람 없더라. 그러니까 상처받지 말고.

좋은 소식 하나. 넌 10년 후에도 어떻게든 살아 있어. 게다가 그럭저럭 행복하기까지 해. 그러니까 너무 불안해하거나 무서워하지 말았으면 좋겠다.

견뎌줘서 고맙고, 앞으로도 견뎌야 해서 미안하고, 많이 사랑한다.

외계인의
직장 표류기

5

밥벌이를 시작하는 당신에게

　　일터에 자기 몫의 책상이 있거든 서랍 하나를 비워 두세요. 거기에 마음을 보관해야 해요. 일하면서 가슴에 마음 넣어두는 거 아니에요.

어떤 상황에서든 당신의 진심은 다치지 않았으면 좋겠어요.

수저 자율권의 포기

　　사회생활은 인간으로서의 여러 권리를 포기하고 그것을 돈이나 명예로 돌려받는 과정이다. 그 권리 중에 대표적인 것이 수저 자율권이다. 더 이상 내 수저를 마음대로 놓을 수 없으며 남의 수저를 알아서 깔도록 방치할 수 없을 때 사회인은 태어난다.

어제는 사회생활 신생아에서 겨우 벗어나 영아기에 다다른 친구를 만나서는 습관적으로 서로의 수저를 놓아주다가 민망함에 깔깔거렸다. 우리가 아직 웃을 권리는 포기하지 않아서 다행이었다.

머리 감겨주는 기계

　　머리 감겨주는 기계가 발명되면 노벨상을 줘야 한다고 생각해. 종류는 평화상이 좋겠어. 손가락 하나 까딱하기 싫은 몸과 마음에 평화를 안겨줄 테니까. 날마다 씻어야 하는 이유는 날마다 더러워지기 때문이겠지. 살아 있다는 것은 매 순간 지저분해지는 일. 매일의 오염을 닦아내는 이 지겨운 반복을 기어이 해내고 마는 스스로가 대단해. 그러니까 이제 그만 꾸물거리고 일어나서 씻자. 마음껏 더러워질 오늘을 준비하자. 안 그러면 정말 지각이야!

숨길 수 없는 것

　　기침과 가난과 사랑은 숨길 수 없다고 하더라. 나는 개인적으로 여기에 과민성대장증후군을 더하고 싶어. 트림과 하품도 덧붙일래. 갈릭파스타 먹은 후의 입 냄새도 추가. 웃을 때만 생기다가 이제는 무표정일 때도 존재감 뿜뿜하는 눈가 주름이 말해주는 나이도. 그러고 보니 숨길 수 없는 것들이 너무 많네. 오늘은 일하다가 억울하게 욕을 먹고는 눈물을 숨기지 못했어.

'애써 숨기지 않아도 돼'라고 누군가가 말해줬으면 좋겠는데. 저마다 무언가를 잔뜩 숨기고 사는 데 기력이 다한 우리는 서로에게 그 한마디를 건네지 못하고. 그렇게 숨기다 숨기다 겨우 삐져나오는 몇 가지 것을 민망해하고 부끄러워해. 드러내다 못해 줄줄 흘러나와도 세상은 무너지지 않을 텐데. 편하게 내보여도 좋을 텐데. 기침과 가난과 사랑 같은 거. 눈물 같은 거. 바라건대 과민성대 장증후군도.

커피의 마약화에 대한 연구

　　일을 하다 보면 어느 순간 커피를 마시는 게 아니라 빠는 순간이 오는데 '커피 한잔 빨고 오자', '커피라도 빨아야겠다' 등으로 사용되는 이 표현은 '약을 빤다'에서 유래된 것으로 본고에서 주장하고자 하는 커피의 마약화 현상을 잘 보여준다. 커피를 마시지 않으면 자꾸 다른 파워포인트 파일을 클릭하고 스케줄표의 날짜를 착각하고 결제 순서를 틀리는데 이것이 마약의 금단현상이 아니라면 무엇이란 말인가. 이로써 필자는 음악만이 국가가 허락한 유일한 마약이라는 세간의 속설을 정면으로 반박하며 커피를 추가할 것을 요청하는 바이다. 이 연구는 전국 회사 주변 카페 상인회의 지원을 받아내서 입사

동기 김 사원, 차 사원, 박 사원과의 공동으로 진행하려
고 했으나 방금 부장님이 2시까지 보고서 올리라고 하셔
서 중단되었다. 지금 11신데. 열 받으니까 일단 커피 한
잔 빨고 와야겠다.

질문의 플로우

회의가 길어져 너무 지루해 나는 폰을 켰지. 잠깐 트위터를 여는데 어젯밤에 보던 내 가수의 무대가 자동 재생돼. 오 마이 갓. 볼륨이 켜져 있어. 둠칫둠칫 흥겨운 인트로와 부장님, 차장님, 과장님의 따가운 시선. 바로 창을 껐지만 식은땀 흐르네. 머리가 미친 듯이 돌아가네. 좋아. 이번 사고는 질문 3개로 수습해. 렛츠기릿. 블루라이트 차단 안경을 추슬러. 잠겨 있던 목을 풀어. 타이틀은 '회의 시간에 딴짓한 거 아냐. 모르는 개념이 나와서 찾아보려다가 실수한 거야. 지금부터 내 심도 있는 질문을 들어봐 체키라웃' 마음속 비트를 깔아 낭랑한 목소리로 질문을 던져. '이 트렌드가 미국 밀레니얼뿐만 아니라 글로벌로 이머징한다고 보시나요? Z세대에게도 지금의 파인딩이 벨루어블할까요? 기존 자이언트 플랫폼 컴패니들이 어떤 액션 플랜을 짜고 있을까요?' 이건 뭐 현대판 이두야 뭐야, 조사만 빼고 다 영어야. 사실 뜻도 발음도 몰라. 그렇지만 이렇게 질문해야 능숙해 보여. 디스 이즈 쌈밥. 회의가 끝나고는 추가 질문 하는 척 팀장님의 눈길을 피해. 오케이 펄펙. 위기탈출 성공.

그땐 9개월 뒤 평가 면담에서 이 핸드폰 봤던 얘기가 다시 나올 줄은 꿈에도 몰랐지 뭐야. 사골이야 뭐야. 묵은지야 뭐야. 지저-스.

노오란 안전선 안에
서주세요

약속이 있다고 하면 꼬치꼬치 캐묻지 말아주세요. 사실 없는데 당신이랑 있기 불편해서 그래요. 병원에 간다고 하면 어디가 아프겠거니 생각해주세요. 정신과라고 말하면 동공 지진 날 거면서. 어느 날 내가 호피 무늬 맨투맨과 체크치마를 매치해 마치 패턴에 사로잡힌 사람처럼 보이더라도 지적하지 마세요. 현관 거울로 봤을 땐 힙했어요. 1년 내내 눈썹을 안 그리고 다녀도 인상이 흐리다고 말하지 말아주세요. 이게 반영구화장 한 거예요. 살 빠지면 예쁘겠다고 하지 마세. 더 쪄도 예뻐요. 내 미래는 내가 걱정하게 놔두세요. 어차피 안 하지만.

넘어오지 마세요.

부디 당신 발밑의 그 노오란 안전선 안에 서주세요.

절전모드 알림

　　절전모드를 실행하시겠습니까? 이 모드를 실행하게 될 경우 당신의 웃음 장벽이 일반 모드에 비해 3배 높아집니다. 이 향상된 웃음 장벽 앞에서 선배님, 부장님, 선생님, 사장님 각종 님들의 아재 개그는 추진력을 잃습니다. 분위기가 1도에서 2도가량 싸해질 수 있고 트집이나 핀잔이 뒤따를 수 있습니다. 또한 절전모드 하에서는 고갯짓이나 박수 등의 리액션이 제한되고 응, 오, 그래? 진짜? 헐 등의 추임새가 엄격히 금지됩니다. 카페에서 나서서 음료를 나르거나 컵홀더를 챙기는 등의 싹싹한 행동도 삭제됩니다. 이 모드에서 당신은 배려 없는 사람으로 찍힐 수 있으며 무뚝뚝하다, 싸가지가 없다, 심지어 저 사람이 나를 싫어한다 등의 오해를 살 수 있습니다. 그래도 절전모드를 실행하시겠습니까? 알겠습니다. 오늘 하루, 정말 고생 많으셨습니다.

퇴근하고 집에 와서
무엇을 하려고 했느냐?

운동하고 책 읽고 영어
공부하고 그림 그리고
못 본 드라마 보고
밥해 먹고
밀린 설거지 하고
음식물 쓰레기를
버리려고 했습니다.

너무 큰 꿈을 꾸었구나.

구두에게는 미안하지만

　　일을 마치고 집에 들어와서 구두를 벗으려는데 짝짝이였어. 하나는 리본, 하나는 테슬. 어쩜 하루 종일 몰랐을까? 딱딱하게 뭉친 종아리를 두드리며 현관에 주저앉았어.

그러고 보니 오늘 내가 유난히 휘청댔고 멈칫거렸던 게 다 굽 높이가 다른 구두 때문이었구나. 유달리 실수가 많고 면박을 자주 들었던 것도 다 구두 때문이었고. 잘하는 일도 잘할 수 있는 일도 아닌 밥벌이를 붙잡고 질질 끌고 있는 것도, 기댈 곳 하나 없이 혼자 고군분투하는 매일도, 이렇게 살면 안 될 것 같은데 어떻게 살아야 할지도 모르겠는 게 다, 구두 때문에.

짝짝이 구두에 오늘의 나를 몽땅 뒤집어씌우자 조금은
내일의 내가 될 용기가 생겼어.

집 근처에
코인 노래방이 있는가의 문제

　　　　이사한 집 괜찮아. 조용하고 햇빛도 잘 들어. 조금
만 나가면 편의점도 종류별로 있고 버스 노선도 많고.
하나 불편한 점이 있다면 주변에 코인 노래방이 없다는
거? 집에 들어가기 전에 잠깐 들러서 한 곡 뽑을 수가 없
다는 거.

하루 종일 그림자처럼 다른 사람을 위해 일한 날 말이야.
그럴 땐 습관처럼 혼자 코인 노래방에 가곤 했어. 누구도
마이크를 뺏어가지 않는 공간으로. 내가 원톱인 공연 속
으로. 화려한 솔로. 빛나는 내가 있는 그곳. 오래된 뮤직
비디오가 나오는 화면을 관객 삼아 프리마돈나처럼 날
아올랐던.

가끔은 코인노래방에서의 그 5분이 내 하루의 나머지 23시간 55분보다 더 진짜 인생처럼 느껴지곤 했어.

애기하다 보니까 생각보다 문제가 심각하네. 사람 사는 동네에 코인 노래방이 없다는 게 말이 돼? 나 다시 이사 갈까?

금요일 밤의 데이터 조작

약속 없는 금요일 저녁, 별 생각 없이 포털 사이트의 검색창에 손가락을 갖다 댔는데 이번 주의 검색 기록이 떴다. 자산유동화증권 뜻, 벤처캐피탈 투자 데이터, 공인인증서 컴퓨터 복사, 4차 산업혁명 다보스 포럼, 10대 미래 기술, 민원24, 서울시 세금. 도무지 멋이라곤 찾을 수 없는 지난 5일의 자취가 애석해 일부러 낭만적인 검색어를 채워 넣었다. 좋아하는 영화 제목, 벚꽃 개화 시기, 인절미, 머리 큰 고양이, 엄마 생신 선물, 블러셔 추천, 너의 이름. 모종의 데이터 조작과 함께 주말이 시작되었다.

오늘은 아무도 만나지
않을 거야.

집에서 배달 음식
시켜서 하루 종일
TV만 볼 거야.

그냥 그런 날이야.
내가 정했거든!

마치 한 번도
찌든 적 없는 것처럼

주말이니 빨래를 해야겠어요. 매일 밥벌이에 나설 때 입는 슬랙스를 우선 빨아야 해요. 지루함과 피로감이 덕지덕지 묻어서요. 예의상 가야 했던 결혼식 때 입은 헨리넥 블라우스에는 모르는 사람들 틈에서 사진을 찍어야 했던 겸연쩍음이 잔뜩 배어 있네요. 곰돌이 자수가 놓인 양말을 신은 날에는 수당도 못 받는 초과근무를 하고 지겹다며 울먹였죠. 네이비 스트라이프 티셔츠를 입고서는 전화로 엄마와 싸워서 여태까지 냉전이에요. 월경 기간의 통증이 알알이 어린 회색 면팬티까지 넣고 나니 12kg짜리 통돌이 세탁기가 가득 찼어요. 세제를 투입하고 섬유유연제까지 부어요. 이제 동작 버튼을 누릅니다.

헹굼은 1회 추가. 세탁기가 움직이기 시작했어요. 55분 뒤면 내 지난 때들이 깨끗이 닦여 나올 거예요. 멀끔해진 옷을 입고 힘을 내어 다음 주를 시작합시다. 용기 있게, 마치 한 번도 찌든 적 없는 것처럼.

시간 관리 비법 대공개

　　회사를 다니면서 책을 낸다고 하면 다들 그럴 짬이 어디서 나냐며 신기해한다. 기억해야 할 것은 시간은 내는 것이 아니라 만들어야 한다는 점이다. 생활 속에서 얼마나 여유 시간을 만들어낼 수 있는지가 작가와 작가가 아닌 자를 가른다. 이는 상당 부분 생활 습관과도 연관이 있다. 아래의 자가 검진표를 체크하며 스스로의 시간 관리 습관을 점검해보자.

① 매일 머리를 감고 말린다.　　　　　□ yes □ no

② 매일 샤워를 한다.　　　　　　　　□ yes □ no

③ 밥을 먹고 바로바로 설거지를 한다.　□ yes □ no

④ 주 2회 이상 빨래를 한다.　　　　　□ yes □ no

⑤ 팬티를 20장 이하로 갖고 있다.　　□ yes □ no

⑥ 청소기를 주 2회 이상 돌린다.　　　□ yes □ no

⑦ 주 2회 이상 퇴근 후에 운동을 한다.　□ yes □ no

⑧ 출퇴근 시 월 4회 이하로 택시를 이용한다.　□ yes □ no

⑨ 친구들과 약속이 주 2회 이상 있다.　□ yes □ no

⑩ 결혼식에 연 5회 이상 간다.　　　　□ yes □ no

yes가 7~10개인 당신!

성실하고 부지런한 이 시대의 참 직장인. 모두가 본받을
만한 지성과 상식을 갖춘 으뜸 시민입니다. 다만 책을 내
고 싶으시다면 일부러라도 아무것도 안 하는 멍 때리기
의 시간을 만들어야 해요. 가끔은 안 씻고 침대에 들어가
2시간 동안 인터넷 방송을 시청하는 등의 일탈을 즐겨보
는 건 어떨까요?

yes가 4~6개인 당신!

적당한 게으름과 적당한 부지런함으로 원만한 생활을 유지하는 현명함이 돋보입니다. 조금만 신경을 쓰면 잉여 시간을 늘려 책을 내기 위한 여유를 확보할 수 있겠어요. 우선순위를 잘 매겨 포기하거나 축소해야 하는 활동과 웬만해서는 포기할 수 없는 활동을 구분하여 실천해보세요!

yes가 1~3개인 당신!

직장인계의 나무늘보. 책을 내기에 최적화된 잉여로움은 단연 1등입니다. 다만 게으름이 뼛속까지 스며 있어서 책 제작이라는 행위 자체를 시작하기가 쉽지 않을 거예요. 내가 정말 드라마와 웹툰과 SNS 하트 누르는 시간을 포기하고도 책을 만들고 싶은 건지 스스로를 곰곰이 돌아본 다음 행동하시길 추천합니다.

yes가 0개인 당신!

일단 이불 밖으로 나온 다음 얘기하실게요!

그리움에 대처하는 우리의 자세

　　사계절이 있는 나라에서 산다는 것은 1년에 네 번씩 계절을 떠나보내야 한다는 뜻이다. 그리하여 단지 중위도에 자리한 나라에서 살고 있는 까닭으로 우리는 매년 4의 배수로 이별을 축적한다. 이별은 그리움을 부르고 그리움은 충동을 부르고 충동은 카드를 부른다. 어제는 영하 9도로 온도가 떨어졌고 여름이 그리워진 나머지 역시즌 세일을 하는 선글라스를 결제했다.

터키식 아이스크림 같은

인생

6

날마다 자란다

     새로 자라난 검은 머리를 조금씩 염색하는 것만큼 세상 귀찮은 일도 없지만 '뿌리 염색'이라는 말은 좋아하는데 마치 나무가 된 것 같은 기분을 주기 때문이다. 매일매일 성실하게 뿌리를 뻗어서 언젠가 곧고 큰 나무가 되는 상상을 한다. 그래서인지 샵에 갔더니 뿌염 구간이 3cm를 넘어서 그냥 전체 염색을 하고 나왔다.

수제버거를 먹는 법

스무 살 때 처음 수제버거 집에 갔다. 접시를 앞에 두고 손을 어떻게 가눠야 할지 몰라 허둥거렸다. 탑처럼 높은 버거는 아무리 봐도 한입거리가 아니었다. 주변을 둘러보니 탑을 허물어 먹고 있길래 나도 빵과 계란과 패티와 양상추를 순서대로 먹었다. 왜 기껏 쌓아놓은 것을 또 무너뜨려 먹어야 하는지 알 수 없었다.

어른이 되기 위한 통과의례를 생각해본다. 모든 종류의 사랑과 실연, 주휴수당 포함 알바비 계산, 원룸 계약서 들고 집주인과 법정 다툼하기, 면접 보고 울면서 나오기, 사는 도중에 벌어지는 대부분의 일들을 납득할 수 있다고 생각하지 않기.

그렇게 세상의 숱한 수제버거 같은 일에 익숙해지는 것
이 성장일까 흉터일까?

가장 최근의 달리기

너는 가장 최근에 달려본 적이 언제냐고 물었고, 나는 생각이 나질 않아 입을 다물었지. 정말 기억이 나지 않았어. 심장이 터질 듯이 뛰고, 숨이 턱밑까지 차오를 정도로 달려본 게 언젠지. 어느 순간 알아버렸거든. 내가 달리든 걷든 기든 이 고만고만한 세상은 바뀌지 않는다는 걸. 이를 테면 이번에 신호등을 건너든, 4분 후에 건너든 나의 삶은 조금도 달라지지 않는다는 걸 말이야.

그렇다면 툭하면 거리를 전속력으로 달리는 어린이들은 믿고 있는 걸까. 변화무쌍 세상을. 초 단위로 바뀌는 만화경 같은 세계를. 그래서 그렇게 소리를 지르며 뛰는 건가 봐. 마음에 가두기에는 기대가 너무 커서, 매번 새로운 세상을 대하는 기쁨이, 환희가, 놀라움이 벅차서.
너는 가장 최근에 달려본 적이 언제냐고 물었고, 나는 너
에게 되물었지. 우리는 성숙해지고 있는 걸까 아님 아둔
해지고 있는 걸까. 러너스 하이를 잊어버린 우리는.

과학책을 읽는 시간

　　엔트로피는 무질서한 정도를 나타내는 물리학 용어다. 열역학 제2법칙은 우주에서 이 엔트로피가 항상 증가한다고 말한다. 이 법칙을 이해하려면 자신의 가방 속을 들여다보면 된다. 한때 깔끔하게 정돈되었던 내부가 지금은 전단지, 영수증, 각종 소지품으로 난장판이 된 꼴을 보라. 이로써 엔트로피의 법칙을 이해했다면 귀찮더라도 쓰레기를 가방 밖으로 꺼내보자. 가방이 깨끗해진 대신 방 안이 어질러졌다는 사실을 깨달을 수 있을 것이다. 여기서 우리는 열역학 제1법칙, 우주의 모든 에너지는 이동할 뿐 줄어들거나 늘어나지 않는다는 에너지 보존의 법칙을 응용한 쓰레기 보존의 법칙을 배울 수 있다.

채 절반도 알아먹지 못하는 물리학 책을 자꾸만 읽는 이
유는 이 세상이 내가 간섭할 수 없는 논리로 저 알아서
돌아가고 있다는 사실이 묘한 안도감을 주기 때문이다.

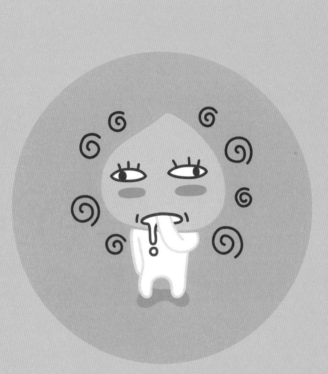

자몽에이드를 마실 때마다

흐른다는 표현을 쓰는 걸 보면 시간은 액체류인 모양인데 그 중에서도 자몽에이드가 틀림없다. 달고, 쓰고, 떫고, 시고, 시원하고, 따가운 그 맛이 바로 시간의 맛으로 추정된다. 목이 아파 한 번에 다 들이킬 수 없다는 점과 마시고 나면 찌꺼기가 마치 미련처럼 남는 것까지 똑같으니 그야말로 반박 불가. 지금 코웃음을 치며 이 글을 읽고 있는 당신, 장담컨대 자몽에이드를 마실 때마다 생각날걸요. 시간은 자몽에이드예요. 당신은 지금 카페에서 시간을 마시고 있다고요.

다한증의 장점

여름맞이 땀샘 그랜드 오픈을 기념하며 생각해보는 손
바닥 다한증의 장점

① 바닥의 먼지나 머리카락을 잘 훔칠 수 있다. 물티슈가
따로 필요 없다. 손바닥을 몇 번 비비면 들러붙은 먼지가
때처럼 밀려 나온다.

② 비닐봉지를 잘 벌릴 수 있다. 특히 편의점에서 봉지를
받았는데 넣을 물건은 많고 뒤에 사람들이 줄지어 있을
때 유용하다.

③ 고양이 털을 잘 뭉칠 수 있다. 고양이가 있는 경우에만 해당.

④ 지폐를 잘 셀 수 있다. 돈이 있는 경우에만 해당.

⑤ 침을 안 묻히고도 책을 잘 넘길 수 있다. e-book 제외.

⑥ 잠든 너의 머리카락을 살며시 쓰다듬을 때 정전기가 일지 않는다.

끝!

리코더의 미학

리코더는 위선을 모른다. 배신을 모르고 기만을 모른다. 숨을 불어넣으면 넣는 대로 소리가 나고, 구멍을 막으면 막는 대로 착실히 음을 바꾼다. 한 호흡에 정확히 하나의 소리를 내는 명료함도 갖췄다. 숨에 따라 소리가 났다 안 났다 하며 변덕을 부리는 단소나, 한 번에 여러 음을 내며 으스대는 피아노와는 다르다. 두드리는 위치에 따라 울림이 다른 젬베와는 같은 악기이기를 거부하고 싶을 지경이다. 리코더의 유일한 단점은 연주 시간이 엄격히 제한된다는 것뿐이다. 밤에 리코더를 불면 뱀이 나온다는 것은 누구나 아는 상식이다. 적당한 약점은 오히려 매력이 된다. 나는 리코더 같은 사람이 되고 싶다.

터키식 아이스크림

　　가끔 인생이 아이스크림을 파는 터키 사람 같다는 생각을 해요. 손에 쥐여줄 것처럼 굴다가 뺏고, 또 줄 것처럼 굴다가 뺏어버리는 그 야속한 상인 말이에요. 난 순순히 아이스크림을 건네주는 터키 상인을 만난 적이 없어요. 조금 부아가 치밀고 얄밉기도 하지만 그래도 아이스크림은 결국 내 손에 들어오잖아요. 안 그러면 소비자보호법에 저촉되니까요. 철컹철컹이란 말이에요. 아무래도 인생에는 법이 없으니까 100퍼센트로 아이스크림을 받기는 힘들겠지만, 치밀어 오르는 화를 살살 달래며 온갖 장난에 맞장구를 치고 웃으며 기다리다 보면, 한 번쯤은 먹지 않겠어요? 터키식 아이스크림.

제가 모범생으로 보이나요?

　쇼트케이크의 딸기는 마지막에 먹어요. 돈가스는 가장자리부터 시작해서 제일 두툼한 가운데 부분을 마무리로 먹고요. 초밥 세트를 시키면 첫 번째 집는 것은 초새우초밥이고 끝 순서가 가장 좋아하는 연어초밥이죠. 그래요. 저는 아끼는 것을 최후의 최후까지 남겨두었다 먹는 타입의 사람이에요. 그래서 인생의 방황을 아직 개시하지 않았답니다. 정말 맛있을 것 같아서요!

자전거를 배우던 날

　　어느 지친 수요일 저녁, 침대에 누워 휴대전화로 웹
서핑을 하다가 우연히 글쓰기 워크숍 공지를 발견했어
요. 그때 저는 왜인지 처음 자전거를 배우던 날을 떠올렸
어요. 아시죠? 자전거 위에서는 기울어지는 방향으로 핸
들을 돌려야 넘어지지 않는다는 거. 하지만 머리로는 알
아도 몸이 따라주지 않잖아요. 기우뚱하는 순간 겁에 질
려 본능적으로 핸들을 반대편으로 꺾고는, 계속 바닥에
쓰러지곤 했죠. 무릎과 팔꿈치가 다 까져 잔뜩 화가 난
저는, 어차피 넘어질 거 눈 딱 감고 해보자 싶어 자포자
기의 심정으로 핸들을 기울어지는 쪽으로 돌렸어요. 그
러자 비틀거리면서도 커브를 그리며 자전거가 나아갔어

요. 그때의 놀라움이란. 그때의 짜릿함이란.

때로는 반사적으로 나오는 두려움을 이기고 방향키를 돌려야 비로소 앞으로 나아갈 수 있다는 걸, 안전하다고 생각한 쪽이 가끔은 쓰러지는 길이고, 위험하다고 생각한 쪽이 가끔은 계속 갈 수 있는 길이라는 걸 알았던 그날.

워크숍에 신청 메시지를 쓰기 위해 화면에 손가락을 올리자 제가 올라탄 자전거가 휘청, 흔들리며 움직였어요. 녹슬었던 바퀴가 돌아갔어요. 공기가 흐르고 풍경이 바뀌기 시작했어요. 그게 이 모든 것의 출발이었어요. 세상은 이걸 도전이라고 부르고 있었어요.

아이 엠 그라운드

　　방방인지 봉봉인지로 불렸던 놀이기구의 이름이
공식적으로 트램폴린이라는 것을 배운 순간, 왠지 삶의
레벨이 한 단계 올라간 기분이 들었다. 피자 가운데 놓인
삼발이 플라스틱이 피자 세이버라는 사이버펑크한 이름
을 갖고 있다는 걸 알게 됐을 때는, 마치 우주의 비밀을
엿본 느낌이었다. 물결에 부서지는 노란 햇살이 윤슬이
라는 이름으로 불린다는 것을 듣게 된 후로는, 반짝이는
모든 눈부심이 기꺼워졌다. 그저 가로수였던 나무들이
느티나무, 이팝나무, 플라타너스, 왕벚꽃나무가 되고부
턴, 혼자 걷는 거리가 더 이상 쓸쓸하지 않았다.

그러니 어서 시작하자.

네 이름을 알게 된 내 세상이 또 어떻게 변할지 가슴이
설렌다.

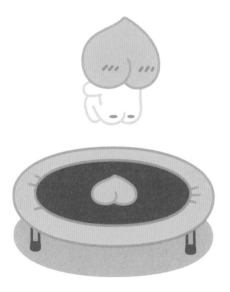

인생에 꽤나 도움이 되는
영화 용어

　　맥거핀은 마치 중요한 것처럼 등장하지만 실제로
는 스토리와 별 상관이 없는 영화적 눈속임 장치를 이른
다. 전개와 무관하면서도 보는 사람의 시선을 사로잡아
혼란을 가중시키는 역할을 한다. 예를 들면 서류 전형에
서 42번째 떨어진 일, 괜히 일터에서 괴롭히는 선배, 처
참하게 차인 고백이 당신이라는 영화의 맥거핀이다. 비
록 지금은 그것이 인생을 송두리째 바꿀 것처럼 압도적
이고 두렵지만, 곧 알게 될 것이다. 그들이 당신의 삶에
그다지 영향을 미치지 않는다는 것을. 살짝 스포를 하자
면 사실 이번 생에 당신을 힘들게 하는 대부분의 것들은
다 맥거핀이다. 알았으니 이제 눈물을 닦자. 코를 풀고

다음 장면으로 넘어가자. 언젠가는 반드시 들통나기 마련인 맥거핀을 제치고, 당신의 진짜 스토리를 풀어낼 차례. 레디, 액션!

길을 헤매는 방법

　　근육을 키우는 데에 운동이 필요하듯, 길을 헤매는 데도 훈련이 필요해. 이제부터 길을 헤매는 훈련법을 소개할게.

첫째, 오른쪽만 보며 걷기. 나중에 왔던 길을 되돌아 갈 때, 오른쪽이 왼쪽이 되고 왼쪽이 오른쪽이 돼버린 상황에서 매우 간단하게 길을 잃을 수 있지. 추가 팁을 주자면 걸을 때 되도록 간판의 글씨는 읽지 말고 색깔만 바라봐. 낮에 찾아온 길을 밤에 잃게 되는 놀라운 경험을 하게 될걸.

둘째, 핸드폰 하기. 걸으면서 폰을 하면 위험하니까 버스나 지하철에서 앉거나 선 채로 훈련하자. 무엇을 하든 상관없지만 몰입할 수 있는 콘텐츠를 보는 걸 추천해. 난 보통 달달한 로맨스 소설을 읽는데 거의 90퍼센트의 확률로 내려야 할 정거장을 지나치는걸.

셋째, 가장 핵심이면서 은근히 까다로운데, 계속 딴생각을 하는 거야. 되도록 쓸데없는 생각이면 좋아. 예를 들어 내가 아이돌이라면 어떤 캐릭터로 승부할까, 갑자기 50억이 생긴다면 동부이촌동 어디에 집을 살까, 영국의 멋진 배우 베네딕트 컴버배치는 지금 이 시각 무엇을 하고 있을까 등등. 아무리 허무맹랑하고 우스운 주제여도 꼼꼼하고 구체적으로 고민하는 것을 잊지 마. 언제 어느 길이든 효과 만점인 방법이지.

이 훈련을 통해 성공적으로 길을 헤매게 됐다면 이제 떠날 준비가 됐어. 기대해도 좋아. 길을 잃은 자리에서부터, 진짜 모험이 시작될 거야.

네비게이션은 필요 없어.
연료가 떨어질 때까지
달리자.
차가 멈춘 곳에 베이스
캠프를 세워.
밤새 파티를 하고 동이
터오는 것을 구경하자.

길을 잃는 것은 우리의
권리.
너와 내가 주인공인
로드무비가 이제 막
시작되었어.

Game Over

Game Over의 뜻이 뭔지 알아?

뭐래. 새 게임을 처음부터 다시 할 수 있다는 뜻이잖아.

4월이었습니다.

쏟아지는 벚꽃비 아래서 벚꽃잎을 꼭 닮은 어피치를
생각하며 글을 썼습니다.

가끔 복숭아 통조림을 먹었고 자주 분홍색 양말을
신었습니다.

이 간지러운 마음을 당신에게 전하고 싶었습니다.

2019년 6월

서귤

카카오프렌즈 소개

· ·

카카오프렌즈는 저마다의 개성과 인간적인 매력을 지닌 라이언, 어피치, 튜브, 콘, 무지, 프로도, 네오, 제이지 총 여덟 가지 캐릭터가 함께합니다.

서로 다른 성격에 콤플렉스를 하나씩 가지고 있는 여덟 가지 캐릭터는 독특하면서도 우리 주변에서 쉽게 볼 수 있는 사람들의 모습을 그대로 반영해 남녀노소 누구에게나 공감을 얻으며 많은 사랑을 받고 있습니다.

RYAN

위로의 아이콘,
믿음직스러운 조언자 라이언

갈기가 없는 수사자인 라이언. 덩치가 크고
표정이 무뚝뚝하지만 여리고 섬세한 소녀
감성을 지닌 반전 매력의 소유자.
원래 아프리카 동동섬 왕위 계승자였으나,
자유로운 삶을 동경해 탈출!
지금은 카카오프렌즈에서 든든한 조언자
역할을 하고 있다.

APEACH

뒤태가 매력적인
애교만점 어피치

유전자 변이로 자웅동주가 된 것을 알고 복숭아
나무에서 탈출한 악동복숭아 어피치!
애교 넘치는 표정과 행동으로
카카오프렌즈에서 귀요미를 담당하고 있다.
섹시한 뒷모습으로 사람들을 매혹시키며
성격이 매우 급하고 과격하다.

TUBE

화나면 미친오리로 변신하는
튜브

겁 많고 마음 약한 오리, 튜브.
작은 발이 콤플렉스라 오리발을 착용하는,
미운 오리 새끼의 먼 친척뻘이다.
그렇다고 절대 얕보지 말 것!
극도의 공포를 느끼거나 화가 머리끝까지 나면
입에서 불을 뿜으며 밥상을 뒤엎는
미친 오리로 변신하니 언제나 주의해야 한다.

CON

악어를 닮은 정체불명의 콘

정체를 알 수 없는 콘은 가장 미스터리한
캐릭터.
알고 보면 무지를 키운 능력자다.
요즘은 복숭아를 키우고 싶어 어피치를
따라다니고 있다.

MUZI

토끼 옷을 입은 무지

호기심 많고 장난기 가득한 무지의 정체는
사실 토끼 옷을 입은(?) 단무지. 토끼 옷을
벗으면 부끄러움을 많이 탄다. 깜찍하고 귀여운
표정으로 전 연령층에서 사랑받고 있다.

FRODO

부잣집 도시개
프로도

잡종견이라는 태생적 콤플렉스를 가진
부잣집 도시개, 프로도. 고양이 캐릭터 네오와
공식 커플로 알콩달콩 애정공세를 펼치며
연인들의 공감을 자아낸다.

NEO

새침한 패셔니스타
네오

자기 자신을 가장 사랑하는 새침한 고양이
네오는 쇼핑을 좋아하는 카카오프렌즈 대표
패셔니스타! 하지만 도도한 자신감의 근원이
단발머리 '가발'에서 나온다는 건 비밀!
공식 연인 프로도와 아웅다웅하는 모습이
사랑스럽다.

JAY-G

힙합을 사랑하는
자유로운 영혼 제이지

고향 땅속 나라를 늘 그리워하는 비밀요원
제이지! 선글라스와 뽀글뽀글한 머리가
인상적이며 힙합가수 **JAY-Z**의 열혈팬이다.
냉철해 보이는 겉모습과 달리 알고 보면
외로움을 많이 타는 여린 감수성의 소유자다.

어피치, 마음에도 엉덩이가 필요해

1판 1쇄 발행 2019년 6월 10일
1판 7쇄 발행 2023년 3월 1일

지은이 서귤
펴낸이 김영곤
펴낸곳 (주)북이십일 아르테

인문기획팀장 양으녕 인문기획팀 이지연 정민기
출판마케팅영업본부장 민안기
마케팅1팀 배상현 한경화 김신우 강효원
출판영업팀 최명열 김다운
e-커머스팀 장철용 권채영
제작팀 이영민 권경민

출판등록 2000년 5월 6일 제406-2003-061호
주소 (우 10881) 경기도 파주시 회동길 201(문발동)
대표전화 031-955-2100 팩스 031-955-2151

ISBN 978-89-509-8152-5 / 03810
아르테는 (주)북이십일의 문학 브랜드입니다.

Licensed by Kakao.
본 제품은 주식회사 카카오와 라이선스 정식 계약에 의해
아르테, (주)북이십일에서 제작·판매하는 것으로
무단 복제 및 판매를 금합니다.

(주)북이십일 경계를 허무는 콘텐츠 리더

21세기북스 채널에서 도서 정보와 다양한 영상자료, 이벤트를 만나세요!
페이스북 facebook.com/21arte 포스트 post.naver.com/staubin
인스타그램 instagram.com/21_arte 홈페이지 arte.book21.com

· 책값은 뒤표지에 있습니다.
· 이 책 내용의 일부 또는 전부를 재사용하려면
  반드시 (주)북이십일의 동의를 얻어야 합니다.
· 잘못 만들어진 책은 구입하신 서점에서 교환해드립니다.